Queridos amigos y amigas roedores, os pres...

LOS PREHISTORRATONES

¡AVENTURAS DE BIGOTES EN LA EDAD DE PIEDRA!

¡Bienvenidos a la Edad de Piedra...
en el mundo de los Prehistorratones!

Capital: Petrópolis

Habitantes: ni demasiados, ni demasiado pocos... (¡aún no existen las matemáticas!). Quedan excluidos los dinosaurios, los tigres de dientes de sable (éstos siempre son demasiados) y los osos de las cavernas (¡nadie se ha atrevido jamás a contarlos!).

Plato típico: caldo primordial.

Fiesta nacional: el día del GRAN BZOT, en el que se conmemora el descubrimiento del fuego. Durante esta festividad todos los roedores intercambian regalos.

Bebida nacional: Ratfir, que consiste en leche cuajada de mamut, zumo de limón, una pizca de sal y agua.

Clima: IMPREDECIBLE, con frecuentes lluvias de meteoritos.

caldo primordial

RATFIR

MONEDA
Las conchezuelas
conchas de todo tipo,
variedad y forma.

UNIDADES DE MEDIDA
La cola con sus submúltiplos:
media cola, cuarto de cola.
Es una unidad de medición basada en la cola del jefe del poblado. En caso de discusiones, se convoca al jefe y se le pide que preste su cola para comprobar las medidas.

LOS PREHISTORRATONES

GERONIMO

Trampita

Tea

Benjamín

Pandora

Metomentodo

abuela Torcuata

PETRÓPOLIS
(Isla de los Ratones)

RADIO CHISMOSA

CAVERNA DE LA MEMORIA

EL ECO DE LA PIEDRA

CASA DE TRAMPITA

TABERNA DEL DIENTE CARIADO

PEÑASCO DE LA LIBERTAD

CABAÑA DE UMPF UMPF

RÍO RATONIO

Geronimo Stilton

¡AY, AY, AY, STILTONUT, YA NO HAY LECHE DE MAMUT!

DESTINO

Textos de Geronimo Stilton
Inspirado en una idea original de Elisabetta Dami
Diseño original de Flavio Ferron
Cubierta de Flavio Ferron
Ilustraciones interiores de Giuseppe Facciotto *(diseño)*, Livio Carolina *(tinta china)* y Daniele Verzini *(color)*
Diseño gráfico de Marta Lorini

Título original: *Ahi ahi Stiltonùt, è finito il latte di mammut!*
© de la traducción: Manel Martí, 2016

Destino Infantil & Juvenil
infoinfantilyjuvenil@planeta.es
www.planetadelibrosinfantilyjuvenil.com
www.planetadelibros.com
Editado por Editorial Planeta, S. A.

© 2014 – Edizioni Piemme S.p.A., Palazzo Mondadori – Via Mondadori 1, 20090 Segrate – Italia
www.geronimostilton.com
© 2017 de la edición en lengua española: Editorial Planeta, S. A.
Avda. Diagonal, 662-664, 08034 Barcelona
Derechos internacionales © Atlantyca S.p.A., Via Leopardi 8, 20123 Milán – Italia
foreignrights@atlantyca.it / www.atlantyca.com

Primera edición: febrero de 2017
Segunda impresión: mayo de 2018
ISBN: 978-84-08-16373-2
Depósito legal: B. 192-2017
Impreso en España - Printed in Spain

El papel utilizado para la impresión de este libro es cien por cien libre de cloro y está calificado como **papel ecológico**.

Hace muchísimas eras geológicas, en la prehistórica Isla de los Ratones, existía un poblado llamado Petrópolis, donde vivían los prehistorratones, ¡los valerosos Roditoris Sapiens!

Todos los días se veían expuestos a mil peligros: lluvias de meteoritos, terremotos, volcanes en erupción, dinosaurios feroces y... ¡temibles tigres de dientes de sable!

Los prehistorratones lo afrontaban todo con valor y humor, ayudándose unos a otros.

Lo que vais a leer en este libro es precisamente su historia, contada por Geronimo Stiltonut, ¡un lejanísimo antepasado mío!

¡Hallé sus historias grabadas en lascas de piedra y dibujadas mediante grafitos y yo también me he decidido a contároslas! ¡Son auténticas historias de bigotes, cómicas, para troncharse de risa!

¡Palabra de Stilton,

Geronimo Stilton!

¡Atención!
¡No imitéis a los prehistorratones... ya no estamos en la Edad de Piedra!

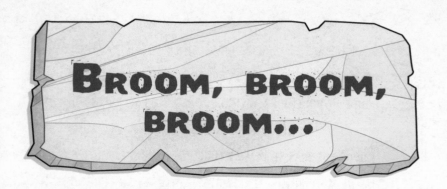

BROOM, BROOM, BROOM...

Era una tranquilísima mañana de finales de verano, y apenas acababa de salir el SOL. El aire era templado, soplaba una ligera brisa proveniente del mar, y los pterodáctilos chillaban alegres...

¡Aaah, era el día perfecto para dedicarse a un asunto *importantísimo*!

Por cierto, queridos amigos y amigas roedores, me llamo Stiltonut, GERONIMO STILTO-NUT, y soy el director de *El Eco de la Piedra*, el periódico más famoso de la prehistoria (*ejem*, ¡y también el único!).

Como iba diciendo, aquella MAÑANA me levanté muy temprano y monté en un CA=

RRETOSAURIO* para transportes especiales.

Mi hermana Tea y **SAGACIO BAJONUT**, mi colaborador, me esperaban bastante impacientes en la puerta de *El Eco de la Piedra*.

Sagacio me dijo:

—¡Jefe, recibimos el **MENSAJE**! ¡Nos pediste que estuviéramos preparados y estamos preparados! Pero, *ejem*... ¡¿preparados para qué?!

¡CRA!
¡CRA!

* Los carretosaurios son dinosaurios que emplean los roedores de las cavernas para transportar bártulos y pasajeros.

—¡Exacto! —lo secundó Tea—. Ger, ¿cómo es posible que *tú*, el roedor más dormilón de la prehistoria, te hayas levantado tan temprano? ¿Y qué haces subido a ese carretosaurio?

—Os he llamado por tres razones *la mar de simples* —respondí—. **RAZÓN NÚMERO UNO**: ya tenemos encima el calor veraniego. **RAZÓN NÚMERO DOS**: aún falta un poco para que llegue la estación de las lluvias. **RAZÓN NÚMERO TRES**: ¡*El Eco de la Piedra* se encuentra en plena superactividad! ¡Está clarísimo, ¿verdad?!

¿ESTÁ TODO CLARO?

—*Ejem*, jefe... —dijo Sagacio— ¡la verdad es que no he entendido **NI UN COCO**!

—¡Por mil pedruscos despedregados, tenéis razón! —exclamé—: ¡No os he dicho lo más importante! Os he obligado a dar este madrugón paleozoico porque las **LOSAS** sobre las que cincelamos *El Eco de la Piedra* se han terminado.

—¡¡¡¿¿¿Quéééééé???!!! —preguntó Tea—. ¿¿¿Y cómo escribiré mis artículos???

Sagacio también estaba preocupado.

—Y yo... ¡¿cómo me las apañaré para publicar el **SUPLEMENTO** de treinta losas *Cómo elegir tu trotosaurio*?!

—Por eso os he llamado —respondí—. Iremos a la **CANTERA** para aprovisionarnos de losas.

—¡Bravo, hermanito! —me felicitó Tea—. ¡Por una vez, has tenido una buena idea!

Mmm... ¡¡¡ese día mi hermana parecía muy predispuesta a hacerme cumplidos!!!

Montados en el carretosaurio subimos hasta el altiplano que dominaba **Petrópolis**, llegamos a la cantera y nos pusimos manos a la obra. ¡No sé si sabéis que extraer las planchas de piedra es un trabajo **DURO, DURÍSIMO, EXTENUANTE**! Llevábamos toda la mañana trabajando, cuando Sagacio dejó **CAER** una losa que fue a parar justo encima de mi pata.

¡¡¡AYYYY!!!
¡¡¡QUÉ DOLOR MEGALÍTICOOO!!!

¡Oh, nooo! Mi **GRITO** fue tan fuerte que provocó un desprendimiento desde la cima del altiplano…

BROOM, BROOM, BROOM…

La **avalancha** de piedras se detuvo justo a dos milicolas de nosotros. Fiuuuu… ¡¡¡Nos salvamos por un pelo de bigote!!!

¡SE AVECINA TORMENTA!

En cuanto se disipó el **nubarrón** de polvo que había provocado el desprendimiento, nos llevamos una sorpresa morrocotuda.

¡Al rodar, las piedras habían aplastado otras piedras... que a su vez se habían convertido en **LOSAS** totalmente planas, como si estuvieran hechas expresamente para nuestro **periódico prehistórico**!

¡¡¡Por mil tibias de tricerratón, teníamos prácticamente todo el trabajo hecho!!!

Me acerqué para observar más de cerca las losas, pero **RESBALÉ** al pisar una piedrecilla y me di un batacazo con una gran plancha que estaban levantando Tea y Sagacio.

¡¡¡PLOOONC!!!

La plancha se partió por la **MITAD**, y en mi **MOLLERA** empezó a asomar un chichón grande como un coco.

Uf, primero la pata aplastada, después la cocorota abollada… ¡¡¡Por mil fósiles fosilizados, no estaba siendo mi mejor día!!!

—¿Va todo bien, hermanito? —me preguntó Tea.

—*Estooo… ¡¿no será mejor que nos dejes trabajar a nosotros, jefe?!* —propuso Sagacio.

Mmm, puede que Sagacio tuviera razón. Así que me hice a un lado, cogí el BOTIQUÍN jurásico que llevaba en el carretosaurio y me vendé la pata, mientras mis compañeros de viaje acababan de CARGAR.

Cuando estuvieron listos, Tea me aupó al carretosaurio, tomó las RIENDAS y se encaminó con decisión hacia Petrópolis.

De pronto Sagacio gritó:

—¡¡El **cielo** está oscureciendo!! ¡¡¡Se avecina tormenta!!!

¡SE AVECINA TORMENTA, JEFE!

Por mil huesecillos descarnados, ¡¿se había adelantado la estación de los grandes **TEMPORALES**?!

—Tranquilos —dijo Tea—. Antes de que caiga la primera gota, ya estaremos en Petrópolis.

Pero justo en ese instante…

¡¡¡¡BRUUUUUUUMMM!!!!!!

… un trueno fortísimo nos sobresaltó.

—¡Oh, oh! —exclamó Sagacio.

—*¡Mirad allí!* —añadió Tea, señalando un punto a poca distancia.

Yo abrí los ojos como platos, impresionado. Ante nosotros, en la llanura que circunda Petrópolis, una **manada de mamuts** corría atropelladamente.

Los paquidermos galopaban a gran velocidad, haciendo **temblar** la tierra, con su pelaje agitándose salvaje al viento.

¡Por mil fósiles fosilizados, parecían asustadísimos! Qué digo asustadísimos, se los veía **TRASTORNADOS, ENLOQUECIDOS**...

¡¡¡ATERRORIZADOS!!!

Debéis saber que los mamuts son animales **pacíficos** y que no hacen daño a nadie (a lo sumo, se les escapa algún pedo), pero ¡¡¡los **RAYOS** les producen un canguelo felino!!!

—¡Debemos regresar a la ciudad antes de que nos alcance la tormenta! —exclamó Tea decidida.

Pero justo en ese instante, una ráfaga de **viento** hizo tambalearse el carretosaurio, que acabó estrellándose contra el **TRONCO** de una palmera paleozoica.

¡¡¡CATAPLAM!!!

Aunque no lo creáis, queridos amigos y amigas roedores, habíamos chocado con el único **ÁRBOL** existente en un radio de centenares de colas...

¡QUÉ MALA SUERTE MEGALÍTICA!

¡¡¡CRAC... CATAPLAM... PLOF!!!

Pero Tea no se desanimó y siguió guiando el carretosaurio en medio del fuerte **VIENTO** y la **TORMENTA**.

¡Sin duda, mi hermana es la roedora más dura de la prehistoria!

—*¡Vamos, bonito!* —lo animó Tea—. ¡¡¡Ya casi estamos llegando!!!

Por desgracia, el carretosaurio, aunque tenía la cabeza dura como el **GRANITO**, seguía aún conmocionado por el choque contra el árbol y avanzaba *tambaleándose*.

Cuando ya tan sólo quedaba un pequeño trecho en **BAJADA**, el pobrecillo metió un **pie** en un agujero y se **DESEQUILIBRÓ**, volcando toda la carga.

Todas las planchas de **piedra** cayeron al suelo y se rompieron en mil pedazos…

¡¡¡CRAAAC!!!

Pero la cosa no acabó ahí…
Sagacio y yo salimos **catapultados** hacia delante y caímos patas arriba sobre el sendero.

¡CATAPLAM!

¡ADIÓS, MUNDO PREHISTÓRICOOO!

Y como el **CAMINO** hacía bajada, no nos detuvimos, sino que empezamos a rodar como un solo ratón, formando una enorme avalancha paleolítica.

Grité, muerto de miedo:

—**¡¡¡ADIÓS, MUNDO PREHISTÓRICOOO!!!**

—¡¡¡Soy demasiado joven para extinguirmeee!!! —chilló Sagacio.

Rodamos cuesta abajo hasta que, tras una serie de saltos, cabriolas y piruetas, nos estrellamos contra la empalizada de Petrópolis...

Ay, ay, ay...

Me notaba las patas machacadas, la espalda machacada, la cola machacada... ¡vaya, que era un prehistorratón **triturado**, **DESTRUIDO** y **PULVERIZADO**!

27

—*No estoy muy bien, jefe...* —farfulló Sagacio, frotándose la frente.

—¡¡¡La verdad, es que yo también estaba bastante mejor hace un rato!!! —le respondí.

Tea negó con la cabeza, contrariada.

—*¡Por el trueno del Gran Bzot!* ¡No puedo dejaros solos ni un momento sin que os metáis en problemas!

—Pero si yo…

—Pero si nosotros…

—¡No hay peros que valgan! —nos espetó ella—. ¡Volved a montar *INMEDIATAMENTE*! Tenemos que entrar en la ciudad.

Llegamos a Petrópolis empapados, maltrechos y, encima, sin una sola PLANCHA para el periódico. ¡Qué desastre megalítico!

Pero lo peor era la huida de los **mamuts**.

—¿Y ahora qué haremos sin nuestra LECHE DE MAMUT? —se preguntó Tea muy preocupada.

Tenéis que saber que la leche de mamut es el ingrediente principal en la preparación del RAT-FIR, ¡la bebida nacional de los prehistorratones! En efecto, en la ciudad disponíamos de provisiones de Ratfir para casos de **EMERGENCIA**... pero ¡no nos durarían mucho!

¡POR MIL PEDRUSCOS DESPEDREGADOS... HABÍA QUE HACER ALGO!

EL RATFIR SE ELABORA CON LECHE CUAJADA DE MAMUT, ZUMO DE LIMÓN, UNA PIZCA DE SAL Y AGUA.

SI NO HAY MAMUTS... ¡NO HAY RATFIR!

Aún no había puesto una pata en mi caverna, cuando de pronto se desencadenó una **TEM-PESTAD** fortísima: truenos, relámpagos y piedras de granizo grandes como nueces paleozoicas. En poco tiempo, toda la ciudad quedó sumergida bajo el **AGUA** y el **FANGO**. Todas las actividades de los petropolinenses se paralizaron. Nadie podía salir, correr por la orilla del río, llevar a los cacho-rros de trotosaurio

¡OH!

a dar su paseo diario... ¡en resumen, nadie podía hacer nada de nada de nada!

La tormenta duró toda la **NOCHE** y no cesó hasta la mañana siguiente.

¡Por mil fósiles fosilizados... parecía que hubiese durado una **ERA GEOLÓGICA**!

Estaba a punto de salir corriendo hacia la redacción para ponerme al corriente de lo sucedido, cuando un **BERRIDODÁCTILO** (es decir, un pterodáctilo pregonero) se puso a graznar una noticia por toda la ciudad.

—¡Escuchad, escuchad, ciudadanos de Petrópolis! —anunció—. ¡Por orden del jefe del poblado, **Zampavestruz Uzz**, se os convoca a la asamblea extraordinaria que

¡¡¡ESCUCHAD, ESCUCHAAAD!!!

se celebrará ENSEGUIDA-AHORA-INMEDIA-TAMENTE en la despensa de Ratfir!

¡Por mil tibias de tricerratón, si Zampavestruz Uzz convocaba una **ASAMBLEA**, la situación debía ser grave, gravísima, trágica!

Salí pitando de casa, raudo como una flecha.

La **despensa de Ratfir** era una espaciosa caverna bajo el altiplano que domina Petrópolis. En su interior se guardan unos grandes recipientes de piedra, donde se conservan las provisiones de Ratfir, ¡una BEBIDA tan rica y tonificante que para nosotros, los prehistorratones, tiene

¡CUÁNTA GENTE!

más valor que mil conchezuelas juntas!

La despensa estaba ocupada por
una multitud de **roedores**
preocupadísimos.

Zampavestruz empezó a hablar
con voz **GRAVE**:

—Queridos conciudada-
nos, tengo que daros una
mala noticia, muy mala,
incluso diría… **¡¡¡TRE-
MENDA!!!**

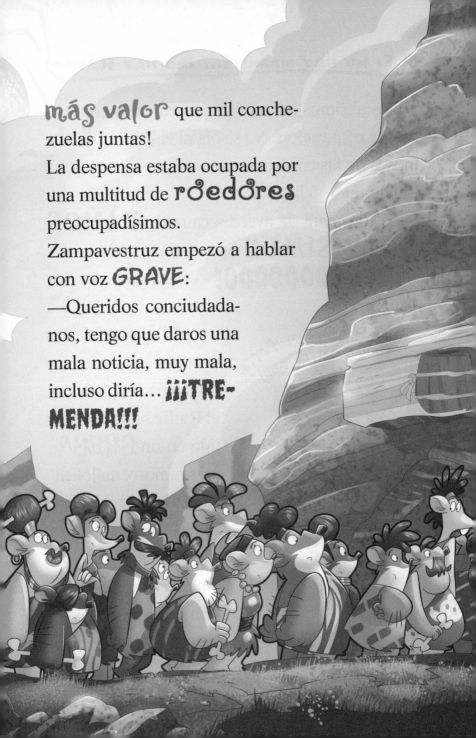

Todos abrimos los ojos de par en par y contuvimos la respiración. No se oía ni el VUELO de una mosca de las cavernas.

El jefe retomó la palabra:

—La tormenta de ayer ha causado **DAÑOS GRAVÍSIMOS** en las reservas de Ratfir.

—**¡NOOOOOOOOO!** —exclamamos todos a coro.

¡LAS RESERVAS DE RATFIR SE HAN ESTROPEADO!

—¡¡¡El agua y el fango han entrado en los recipientes de piedra, y el Ratfir se ha convertido en un **BREBAJE** grumoso, maloliente, im-be-bi-ble!!!

—**¡¡NOOOOO!!**

—Resumiendo... todas ¡nuestras reservas se han estropeado!

—¡¡¡NOOOOOO!!!

¡Oh, no, no podía creer lo que estaba oyendo!

—**¿¡¿Y AHORA, QUÉ?!?** —preguntó un roedor.

—¡Vayamos donde están los mamuts! —sugirió otro—. ¡Pidámosles más LECHE!

Zampavestruz carraspeó:

—*Ejem*, hablando de los mamuts... ¡Durante la tormenta, nuestros amigos paquidermos han **SALIDO HUYENDO**!

Al oír eso, la multitud fue presa de una gran **agitación**.

—¡Necesitamos un plan de emergencia! —exclamó Fanfarrio Magodebarrio, el chamán—. ¡¡Propongo que nos dividamos en grupos!! ¡¡¡Cada **GRUPO** buscará a los mamuts en una zona distinta de la isla!!!

¡NECESITAMOS UN PLAN DE EMERGENCIA!

FANFARRIO MAGODEBARRIO

35

¡Por mil fósiles fosilizados, Fanfarrio tenía razón!

Había que encontrar a los mamuts y hacerlos regresar a casa. ¡Era el único modo de volver a tener nuestro apreciadísimo RATFIR!

Yo ya sabía qué hacer: formaría mi grupo con Tea, mi primo Trampita y naturalmente con mi amigo Metomentodo Quesoso, ¡el INVESTIGADOR más astuto (y patoso) de la prehistoria!

—¡El grupo de Stiltonut buscará los mamuts en la zona del VOLCÁN PESTÍFERO! —dijo el jefe del poblado.

¡¡¡Entonces PARTIMOS hacia el volcán más peligroso del mundo prehistórico!!!

¡LLUEVEN... ERIZOS!

Nuestro grupo estaba más motivado y decidido que nunca. ¡Teníamos que encontrar a nuestros amigos **mamuts** y hacerlo pronto! Lástima que...

¡CHIF! ¡CHOF! ¡CHAF!

A cada paso, nuestras patas se hundían en el barro que había dejado el **AGUACERO** de la noche anterior. ¡Por mil pedruscos despedregados, parecía que estuviéramos caminando por un pantano!

Por fin llegamos al pie del Volcán Pestífero y entramos en un **bosquecillo de castaños** para descansar.

—Uf... Arf... Buf...
¡No puedo más! —dije
rendido, apoyándome
en el tronco de un árbol.
—¡**VAYA, VAYA, VAYA,**
eres más blandengue que un
quesito jurásico, Geronimito!
—me regañó Metomentodo,
mordisqueando un plátano.
Yo estaba a punto de replicarle, cuando...
¡¡¡PLOOONC!!!
Algo me golpeó la cocorota.
—¡¡¡Ay!!! Pero... ¡¿qué ha sido
eso?! —grité.
Alzamos la vista hacia las ramas
de los árboles, y... ¡nos cayó
encima una lluvia de castañas
GRANDES y llenas
de *pinchos*!

ERES UN QUESITO JURÁSICO...

¡POC, POC, POC, POC, POC!

Pero ¿¡¿quién... qué... dónde...?!?

—¡Oh, no, son ardillas voladoras! —exclamó Tea, protegiéndose la cabeza con las patas.

ARDILLAS VOLADORAS

CLASIFICACIÓN: mamíferos roedores de la especie Ñek Ñek.

HÁBITAT: bosques de castaños.

CARACTERÍSTICAS: velocidad, agilidad y excelente puntería. Saltan de un árbol a otro, mordisquean castañas paleozoicas y fastidian a todo el mundo. Son muy susceptibles, así que... ¡cuidado con hacerlas enfadar!

No sé si lo sabéis (y si no lo sabéis, ya os lo digo yo), pero las **ARDILLAS VOLADORAS** son los animales más fastidiosos de la prehistoria.

Se pasan todo el tiempo saltando entre los árboles prehistóricos, tramando BROMITAS e INCORDIOS contra todo aquel que se les ponga a tiro. ¡¡¡En este caso, *nosotros*!!!

—*¡Cuidado! ¡Caen más castañas!* —nos alertó Trampita, mientras esquivaba una.

Las ardillas daban saltos increíbles de una rama a otra: ¡¡¡por mil pedruscos despedregados, parecía como si *volasen*!!!

Pero no podíamos admirar sus acrobacias: ¡teníamos que estar pendientes de esquivar las castañas que nos caían encima!

¡AY! ¡AY! ¡AY! ¡¡¡QUÉ DOLOR PALEOZOICO!!!

Al fin, Tea encontró una solución: vio el TRON-
CO HUECO de un árbol caído y dijo:

—¡Escondámonos allí!

Todos corrimos como liebres paleolíticas y nos
refugiamos dentro del tronco.

—¡Por mil pedruscos despedregados, ¿por qué
la han tomado con nosotros las ardillas?! —pregunté, frotándome la COCOROTA dolorida.

—¡Una matización torpe, Geronimito! Esos simpáticos animalitos no la han tomado con nosotros. ¡Sólo están defendiendo su **territorio**!

—… ¡¿*simpáticos animalitos?!* Pero ¡si me han convertido en un **ALFILETERO** paleozoico! —dije.

—¡Uf, primito, siempre estás lloriqueando! —me espetó Trampita—. ¡¿Y si en lugar de **lamentarte** tanto, pensases en el modo de sacarnos de aquí?! ¿¿¿Eres o no eres el intelectual de la familia???

—¡Ya, ya, ya! —intervino Metomentodo, dándome un codazo—. Toma ejemplo de mí: ¡¡¡propón una **IDea GeNiaL**!!!

Por desgracia, no tenía ni idea de cómo salir de aquella situación.

Pero de pronto...

¡MEEEEEK! ¡MEEEEEEK!

Nos sobresaltó un sonido estridente y agudo.

—¿De dónde viene ese **ruido**? —pregunté inquieto.

—¡Baja la voz, bobalicón jurásico! —me ordenó **Metomentodo**—. ¿¡¿Me estás diciendo que no lo has reconocido?!?

—Pero... de esto... ¿me tengo que preocupar?

—¡Está muy claro, hermanito! —dijo Tea—. ¡Es el grito de uno de los **DEPREDADORES** más peligrosos y astutos de la edad de piedra!

¡¡POR MIL HUESECILLOS DESCARNADOS, SÓLO NOS FALTABA ESO!!!

¡Al instante, me empezaron a zumbar los bigotes del canguelo!

—¡Es un Halcón Rapaz! —siguió explicando mi hermana—. ¡El enemigo **NÚMERO UNO** de las ardillas voladoras! ¡Y a juzgar por sus gritos, debe estar muy **HAMBRIENTO**!

HALCÓN RAPAZ

CLASIFICACIÓN: ave de presa de la familia Falconut Garrut.

HÁBITAT: ¡¡¡cualquier lugar donde haya comida!!!

CARACTERÍSTICAS: vista de halcón, pico de halcón, garras de halcón, plumas de halcón, pero... ¡hambre de lobo!

En efecto, en cuanto las ardillas oyeron el grito del ave, **CORRIERON** a ocultarse entre las ramas de los árboles. ¡¡¡Aquel halcón no veía la hora de zamparse un tentempié!!!

Nosotros estábamos muy quietecitos y calladitos en nuestro **ESCONDITE**... Pero de pronto empecé a sentir un molesto hormigueo en una pata.

¡Por mil pedruscos despedregados, tenía que sentarme como fuera!

Cambié de postura y... **¡¡¡AAAAAAAAAH!!!**

¡Sin darme cuenta, posé mi trasero sobre una castaña llena de pinchos!

Di un salto increíble, rompí el tronco hueco con la cocorota, volé por los aires y...

¡GLUPS!

... ¡¡¡me hallé frente a frente con el halcón!!!

Lancé un **GRITO PREHISTÓRICO**... un concentrado dolor (por los pinchazos de la castaña), de miedo (por el halcón) y de terror (por la altura)…

¡¡¡AAAAARG!!!

¡Para que lo sepáis, grité tan fuerte que hasta el halcón se **ASUSTÓ** y huyó a toda prisa! A continuación me precipité directo hacia el suelo como una **PIEDRA**, aterrizando sobre mi pobre trasero...

¡PA-TA-PAF!

ROTURA DEL TRONCO...

1

ENCUENTRO CON EL HALCÓN...

2

3

¡ATERRIZAJE SOBRE EL TRASERO!

¡POR MIL TIBIAS DE TRICERRATÓN, ESTABA HECHO POLVO... PERO A SALVO!

Tea y Trampita también salieron de su escondite, dentro del tronco hueco.

—¡Bravo, hermanito! —exclamó Tea.

—¡Qué gran idea dar ese salto! —añadió Trampita asombrado—. ¿¡¿Cómo lo has hecho?!?

EJEM...

¡BRAVO, GER!

—*Ejem*, bueno… todo es cuestión de práctica…

—balbuceé, aún DOLORIDO.

—¿Ves, ves, ves cómo a fuerza de ser mi ayudante algo acabas aprendiendo tú también? —remató entonces Metomentodo, que fue el último en salir del escondite.

—Ejem, la verdad... —empecé a decir.

Pero no tuve tiempo de añadir nada más, porque…

—¡Rápido —ordenó Tea—, salgamos de aquí, antes de que las **ARDILLAS VOLADORAS** vuelvan a la carga!

Así pues, dejamos atrás el bosque y retomamos nuestro camino. **OBJETIVO**: ¡dar con los mamuts desaparecidos!

¡¡¡Puaj!!!

Atravesamos una extensa zona llana. Pero para nuestra desgracia, tras las **LLUVIAS**, el terreno se había convertido en una gran superficie pegajosa, pantanosa y embarrada a más no poder...

¡PUAJ!

Caminar por allí suponía un esfuerzo paleozoico, y de los mamuts no había ni la **SOMBRA**. Y si eso no bastase, en un momento dado fuimos a parar a una extensión de... **¡¡¡arenas movedizas!!!**

Metomentodo se detuvo en seco.

—¡Alto, alto, alto y silencio, silencio, silencio! ¡Aquí hay algo que no cuadra!

—Ya… —asentí—. ¡¡¡Sólo nos faltaban las arenas movedizas!!!

—Pero ¿qué, qué, qué dices, Geronimito? ¡No es eso! ¡Siento, incluso diría que huelo, un **HEDOR NAUSEABUNDO**!

Como ya sabéis, Metomentodo es el mejor investigador de la prehistoria (*ejem*, porque es el único) y no se equivoca nunca (o *casi* nunca).

—Veamos, veamos, veamos… ¡Qué raro! No logro saber de qué clase de TUFO se trata… —añadió, sin dejar de olfatear el aire concentradísimo.

¿Un recuerdo de dinosaurio?

Mmm…

¿¿Plátanos estropeados??

¿¿¿Los pies de Trampita???

—¡Bah! ¡Yo no huelo nada! —respondió Trampita, **olfateando** en todas direcciones.

—Te creo, primo… —dije—. ¡Hace al menos quince eras geológicas que no te **BAÑAS**! ¡¡¡Con el **TUFO** que desprendes, es imposible oler nada más!!!

—Pero ¡si me lavé hará apenas dos meses! —replicó Trampita.

Metomentodo exclamó:

—¡Chitón, chitón, chitón! ¡Esta peste es de **TIGRE** de dientes de sable!

¿Había oído bien? ¿Metomentodo estaba hablando… de tigres? ¿¿Los feroces enemigos de los prehistorratones?? ¿¿¿El colmilludo ejército de **Tiger Khan**??? ¡Estábamos atrapados! No podíamos retroceder,

pues acabaríamos en las GARRAS de Tiger Khan.
Tampoco podíamos avanzar, porque ante nosotros
se extendían las **arenas movedizas**.

¡¡¡Oh, no, ya podíamos darnos por **LIQUIDADOS**,
EXTINGUIDOS, **HECHOS PICADILLO**!!!

Ya estaba a punto de cincelar un testamento ex-
prés, cuando Metomentodo nos condujo a un ca-
ñaveral, cogió una CAÑA y dijo:

—¡Haced lo mismo que yo!

¡HACED LO MISMO
QUE YO!

Tras una breve carrerilla, se zambulló en el fango semilíquido.

¡¡¡CHOOOOFFF!!!

Al cabo de un instante, del barrizal sólo emergió la caña de Metomentodo.

¡Por mil pedruscos despedregados, ahora ya estaba todo claro! Nos sumergiríamos en aquella, *ejem*... apestosísima **LAGUNA VISCOSA** y usaríamos las cañas como tubos de buceo para poder respirar.

—¡Es una idea *genial*! —reconoció Tea con mucho entusiasmo.

Un momento después, Trampita y ella cogieron una caña cada uno, imitaron a Metomentodo y se **OCULTARON** zambulléndose en el pantano. Y, finalmente, yo mismo (a regañadientes) conseguí una caña y me acerqué a aquel horripilante **CENAGAL** húmedo y espeluznante...

¡POR MIL PEDRUSCOS DESPEDREGADOS, QUÉ HEDOR TAN NAUSEABUNDO!

Antes de sumergirme en el pantano, sentí que a mi lado **flotaba** algo.

—Chicos, he encontrado ¡¿un… una…?!

Me quedé inmóvil. ¡En realidad, no tenía ni idea de qué podía ser!

—¡Bueno, he encontrado *alguna cosa* a la que podremos agarrarnos mientras estemos sumergidos en el **FANGO**!

Metomentodo Quesoso se acercó a la *cosa*, se sumergió y volvió a EMERGER unos instantes más tarde.

—¡Vaya, vaya, Geronimito, tienes razón! ¡Funciona de maravilla! Podemos sujetarnos a esta *cosa* para que no nos arrastre la corriente.

Y así, a una SEÑAL de Metomentodo, los cuatro nos sumergimos. Permanecimos muy muy quietos y callados, mientras cuatro tigres de dientes de sable pasaban junto a nosotros.

Sin embargo, los GATAZOS no se percataron de nada y siguieron su camino.

—¡Fiuuu! —dije—. ¡¡¡Ya ha pasado el peligro!!!

—Sí, pero ¿adónde se dirigían esos felinos COLMILLUDOS? —se preguntó Tea.

—¡Espero que lo más lejos posible de aquí! —respondió Trampita.

Salimos del BARRIZAL, arrastrándonos detrás de aquella masa megalítica flotante.

Más tarde, Metomentodo la examinó detenidamente con su LENTE de aumento.

—¡Vaya, vaya, vaya! Pero si esto es un, *ejem*…
¡RECUERDO FÓSIL DE DINOSAURIO!

Trampita, Tea y yo nos miramos horrorizados.
Mientras estábamos sumergidos en el fango apestoso, nos habíamos abrazado a una… a una…

¡CACA GIGANTE DE DINOSAURIO!

¡¡¡Por mil fósiles fosilizados,
menuda asquerosidad tan
prehistórica!!!

¡AMENAZA FELINA!

Retomamos nuestra búsqueda, pero ¡no hallamos ni la **SOMBRA** de los mamuts!

De modo que, con la moral por los suelos, decidimos dar marcha atrás. Para nuestra desgracia, en Petrópolis nos esperaba una **DESAGRADABLE, DESAGRADABILÍSIMA, HORRIBLE SORPRESA...**

¡Una gran manada de tigres de dientes de sable rodeaba la empalizada que defendía la ciudad!

¡¡¡Y entre ellos se encontraba **Tiger Khan**, en carne y bigotes!!!

No dábamos crédito a lo que estábamos viendo...

—*¡POR EL TRUENO DEL GRAN BZOT!*

—exclamamos todos a la vez.

¡Ahora estaba claro adónde se dirigían los gatazos que habíamos visto en el pantano! ¡¡Querían atacarnos para convertirnos en **PINCHITOS** de roedor!! ¡¡¡Y sin nuestros amigos los mamuts para defendernos, realmente estábamos en un verdadero aprieto!!!

Espiamos a los **TIGRES** desde una distancia prudencial.

—¿Y ahora qué hacemos? —pregunté **PREOCUPADÍSIMO**.

¡En el poblado estaba mi adorado sobrino Benjamín!

Tea exclamó decidida:

—Nunca nos rendiremos... ¡¡¡Busquemos una solución!!!

¡NUNCA NOS RENDIREMOS!

Mientras, los felinos estaban construyendo una **ESCALERA DE TRONCOS** con la que pretendían escalar la empalizada.

Pero Metomentodo se percató de otra cosa.

—¡MIRAD!

Por mil huesecillos descarnados, dos tigres habían capturado... **¡¡¡un cachorro de mamut!!!**

¡Pobre pequeño (bueno, eso de *pequeño*...)! Debió perderse cuando la manada huyó. Los tigres lo habían encontrado, capturado y ATADO como un salchichón jurásico.

—**¡GLUPS!** No quisiera estar en su lugar —exclamó Trampita—. ¡Seguro que esos gatazos se lo llevan a su campamento en los pantanos de **Moskonia**!

—¡Estos felinos del tres al cuarto se merecerían una buena dosis de **cachiporrazos** en la cocorota! —dijo Tea.

—¿¡¿Desafiar a los tigres?!? Pero… ¡¿y si finalmente nos capturan?! —pregunté. Mi hermana Tea replicó:

—¡Fuera miedos! ¡¡¡Os digo que *hay una solución*!!!

¡GLUPS!

Metomentodo y yo la miramos esperanzados.

—¡Hemos de encontrar a los mamuts! —dijo Tea.

—**¡Ah, muchas gracias!**

—contestó Metomentodo—. Eso ya lo sabíamos... ¡no somos tan **BOTARATES**!

—Es verdad, Tea... Ya hemos intentado buscar a los **mamuts**, ¿recuerdas? —añadí.

—Escuchadme un momento... —nos interrumpió ella—. Si los mamuts supiesen que uno de sus **cachorros** ha sido capturado por los tigres... ¡vendrían corriendo a rescatarlo y a darles una lección a esos **FELINEJOS**!

¡Por mil fósiles fosilizados! Puede que mi hermana tuviese razón: teníamos que arriesgarnos, debíamos intentarlo. Teníamos que **ENCONTRAR** a los mamuts y traerlos de regreso a casa.

—¡Vaya, vaya, vaya, estoy de acuerdo! —dijo Metomentodo—. Pero sigue habiendo un problema: ¿cómo lograremos encontrar a los mamuts y avisarlos?

—Podríamos enviarles uno de nuestros **CARTE-RODÁCTILOS*** —sugerí.

Pero Metomentodo frustró mi idea al instante:

—¡Error, error, error! ¡Los mamuts no saben leer, por tanto no podemos enviarles ningún **mensaje escrito**!

—Mmm... ¿Y si probamos con **señales de humo**? —propuso Trampita.

—¿Qué dices, qué dices, qué dices? —objetó Metomentodo—. ¡Los mamuts son muy cortos de vista! Y, además, ¿¿¿acaso sabéis hacer señales de humo???

—*Ejem*, esto, no... —**farfullé**—. Entonces... ¡¿qué podemos hacer?!

La pregunta se mantuvo en el aire unos instantes. Todas nuestras miradas apuntaban a Metomentodo Quesoso.

* Los carterodáctilos son dinosaurios voladores que reparten mensajes cincelados en losas de piedra maciza.

El detective carraspeó y esbozó una SON-RISA BURLONA.

—Venga, alzad vuestros pabellones auditivos, amigos míos…

—**¡Vamos, Metomentodo!** —exclamé.

Y él añadió:

—¡¡¡HE TENIDO LA IDEA MÁS SUPERRATÓNICA DE LA PREHISTORIA!!!

—Y entonces ¿¿¿a qué esperas para decirla???
—lo apremió Tea, cada vez más intrigada.

¡POR MIL HUESECILLOS DESCARNADOS, PUEDE QUE ESTUVIÉRAMOS A UN PASO DE DAR CON LA SOLUCIÓN DEL PROBLEMA!

UNA IDEA CON... ¡ALAS!

Metomentodo nos tuvo en ascuas unos instantes más, hasta que por fin anunció:

—La solución es muy sencilla. Iremos... *VOLANDO*.

Trampita, Tea y yo nos miramos perplejos.

—Pero, Metomentodo… te olvidas de un pequeño **detalle**: ¡no sabemos volar! —objetó mi hermana.

—En efecto, no tenemos **ALAS**… —le recordé yo.

—¡¡¡Vaya, vaya, vaya, realmente tenéis el coco de **GRANITO**!!! —nos espetó Metomentodo—. ¡¿Acaso he dicho que fuésemos a volar *con alas*?! ¿Eh? ¿¡¿Lo he dicho, lo he dicho, lo he dicho?!?

—Bueno, no… —farfulló Trampita.

—¡Pues eso! —lo interrumpió Metomentodo—. Mis queridos botarates, nosotros volaremos con… ¡¡¡un **GLOBOSAURIO**!!!

Tea, Trampita y yo nos entusiasmamos. ¡Por mil fósiles fosilizados, aquella sí que era una **IDEA MEGALÍTICA**!

En efecto, los globosaurios son los dinosaurios voladores que usamos los prehistorratones para los viajes aéreos de largo recorrido. Tienen alas y usan la **super-fabada** como carburante: normal, condimentada o picante, para un vuelo jurásico… ¡al son de unos potentísimos **pedos**!

¡BURP!

Su pista de despegue y aterrizaje es el **vueli-puerto** de Petrópolis.

—Pe… pe… pero… ¡para llegar al vuelipuerto tenemos que atravesar la ciudad! —dije muy nervioso—. ¿¡¿Cómo lograremos esquivar a la Horda Felina que está acampada alrededor de la empalizada?!?

—*¡Tengo un plan!* —anunció Tea—. Escuchadme atentamente…

El plan era el siguiente:

1 En primer lugar, entraríamos en Petrópolis durante la noche, aprovechando un acceso secreto de la empalizada y la **OSCURIDAD** (para no ser descubiertos).

2 A continuación (silenciosos como gatos) trataríamos de llegar al vuelipuerto y **SUBIR** a un globosaurio.

3 Por último, sobrevolaríamos la isla en busca de los **mamuts**.

Era un plan brillante y **PELIGROSO**… Qué digo peligroso, era peligrosísimo, y no sólo eso, ¡suponía un auténtico **RIESGO DE EXTINCIÓN**!

—¡Por mil tibias de tricerratón, los **TIGRES** nos descubrirán! ¡¡Nos capturarán!! ¡¡¡Nos triturarán!!! —exclamé.

—¿Tenéis una **IDEA** mejor? —dijo Tea—. ¡Creo que vale la pena intentarlo, chicos!

Tenía razón: ¡estaba en juego la **salvación** de todos los prehistorratones!

1 APROVECHAR LA OSCURIDAD…

BUSCAR UN GLOBOSAURIO.

2

3

¡SOBREVOLAR LA ISLA EN BUSCA DE LOS MAMUTS!

Entonces, cuando cayó la noche, nos acercamos a la empalizada de la ciudad, nos arrastramos silenciosos por el barro y llegamos a dos milicolas, **DOS**, de Tiger Khan y sus secuaces colmilludos. ¡Por mil huesecillos descarnados, cómo me zumbaban los *bigotes bigotes bigotes bigotes* del canguelo! Por suerte, los gatazos de la **Horda Felina** estaban muy ocupados discutiendo cómo nos guisarían si nos atrapaban.

—¿Prehistorratón estofado, a la brasa o al horno?

—Para mí... ¡¡¡**BROCHETA** de roedor!!!

—¿Y de guarnición, mejor **PATATAS** o **cebollitas** paleozoicas?

—Menuda pregunta: ¡cebollitas! Y si están mohosas, le añaden un saborcito especial. ¡Arf! ¡Arf! ¡Arf!

En cuanto oí esas palabras, se me escapó un grito de disgusto:

—¡¡¡UUUH!!!

Tiger Khan se percató y escrutó la oscuridad con ojos FEROCES.

Por suerte, Metomentodo y Trampita tuvieron la buena idea de empezar a imitar mi sonido.

—¡UH-UUUH!... ¡UH-UH-UUUH!

—Bah… ¡sólo es una lechuza jurásica! —concluyó Tiger Khan, que se TRAGÓ el cuento.

¡¡¡Por mil tibias de tricerratón, había faltado muy poco!!!

Sigilosos como gatos, entramos en Petrópolis a través de la **ENTRADA SECRETA** de la empaliza- da, prevista para casos de emergencia.

Cuando llegamos al vuelipuerto, los globosau- rios **roncaban** plácidamente. ¡Por mil pe- druscos despedregados, tenían el sueño más pesa- do que un bloque de granito!

Logramos despertar a un globosaurio que **NO PROMETÍA MUCHO**: tenía un par de alas esmirriadas y bastante cara de memo.

Pero ¡no era momento de ponerse exigente! **SALTAMOS** a bordo y despegamos. Justo en ese momento, un rayo iluminó el cielo.

¡¡¡BRUUUM!!!

¡Oh, nooo, sólo nos faltaba la tormenta!

¡¡¡BRUUUM!!!

El globosaurio acababa de despegar y yo ya estaba **VERDE** como un calabacín jurásico: ¡del canguelo, del vértigo y del mareo!

—¡Valor, Geronimito! —gritó Trampita, al tiempo que me daba un fortísimo **MANOTAZO** en la espalda.

—*¡AYYY!* —grité—. ¡Qué dolor paleolítico!

De pronto, una ráfaga de viento hizo que se **TAMBALEASE** la cesta de nuestro globosaurio. Yo acabé en el fondo, patas arriba…

¡GLUPS!

¡PLONC!

Y aquello sólo era el principio.
EL VIENTO volvió a arreciar, cada vez más fuerte, fortísimo, hasta que…

¡BRUUUM!

¡Un trueno resonó sobre nuestras cabezas, anunciando la llegada de una **TORMENTA** jurásica!

¡SOCOR…!

Si nuestro globosaurio a duras penas mantenía el equilibrio cuando el cielo estaba sereno… ¡imaginaos en medio de un huracán! El pobrecillo **jadeaba** y se **debatía** en plena ventolera, mientras agitaba sus escuchimizadas alitas.

Trampita y Metomentodo se apresuraron a ati-
borrarlo de **superfabada**, mientras Tea lo
animaba:

—¡Vamos, guapo! ¡Ahora no puedes abando-
nar! ¡**BATE** esas alas fuertes y musculosas!

—Ejem… *¿¡¿fuertes y musculosas?!?*
—repitió Trampita bastante perple-
jo—. ¡La verdad es que este animali-
to tiene las alas más **ESMIRRIA-
DAS** de la prehistoria!

Pero Tea lo hizo **callar** de un
codazo.

—¡Chis! Pero ¡¿no ves
que se está esforzando
al máximo?!

Y justo en ese momento…

¡BRUUUUUM!

… un potentísimo rayo atravesó las nubes y alcanzó la **COLA** del globosaurio. El pobre animal, chamuscado, rustido y medio carbonizado, dio un peligroso *bandazo* y comenzó a

CAER HACIA EL SUELO.

—¡**Nooooooo!** —gritó Tea—. ¡No te rindas ahora! ¡Haz un último esfuerzo! ¡¡**Llévanos hacia arriba**!! ¡¡¡**Vamos, vamos, vamos**!!!

Pero no había nada que hacer. El globosaurio se **PRECIPITABA** como un saco de patatas. ¡Y nosotros caíamos con él!

¡¡¡Por mil tibias de tricerratón, esta vez sí estábamos a un paso de extinguirnos!!!

No teníamos ninguna esperanza, así que hice lo único que se podía hacer en ese momento: abracé a mis **AMIGOS** y me preparé para lo peor, gritando con todas las fuerzas que me quedaban:

—¡¡¡Adiós, mundo prehistorratónicooo!!!

¡SALVADO POR UN PELO DE BIGOTE!

Cuando abrí los ojos de nuevo, vi que no me había extinguido. Todo lo contrario, estaba encima de alguna cosa *blandita* y muy **confortable**. Alcé la vista y me hallé cara a cara con un, **¡GLUPS!**... ¡con un **mamut**!

¡BUF!

MMM... MMM... MMM...

¡POR MIL FÓSILES FOSILIZADOS, HABÍA IDO A CAER JUSTO ENCIMA DE SU TROMPA!

El animalote me miraba con cara de fastidio: en efecto, yo acababa de surgir de la nada, le había caído encima, en mitad de la **NOCHE**, ¡y, además, sin avisar!

—*Ejem*, pues aquí estamos… —dije, esbozando mi mejor **sonrisa**.

Luego salté (*ejem*, no demasiado ágil) y fui al encuentro de Tea, Trampita y Metomentodo, que estaban sentados en el suelo, en medio del **BARRO**.

¡Nuestro globosaurio había acabado en un laguito y tenía dificultades para salir del agua!

—¡Ánimo… sujétate a esto! —dijo Tea, lanzándole una CUERDA al animalote.

El globosaurio se **ARRASTRÓ** hasta la orilla con las últimas fuerzas que le quedaban, y se desplomó en el suelo exhausto.

Entretanto, el mamut que me había servido de colchón se acercó con actitud amenazante a mis amigos.

¡SOCORROOO!

Pero Tea lo contuvo:

—¡Quieto! ¡¡¡Tenemos algo que decirte!!!

Y empezó a contarle lo sucedido, mientras Trampita y Metomentodo trataban de explicar sus palabras mediante gestos.

—¡La Horda Felina tiene Petrópolis sitiada!

Pirueta de Trampita

—¡Y los tigres de dientes de sable han capturado un cachorro de mamut!

CUATRO SALTITOS DE METOMENTODO

y una mueca de Trampita.

El mamut se quedó petrificado de estupor. A continuación, se alzó sobre las patas traseras y bramó con fuerza:

¡¡¡BRRRAAAHH!!!

¡La tierra empezó a temblar, y al cabo de un instante estábamos **RODEADOS** por toda una manada de mamuts!

Todos barritaban sin cesar…

¡¡¡BRRAAHH!!! ¡¡¡BRRAAHH!!! ¡¡¡BRRAAHH!!!

¡Parecían realmente furiosos!

—¡Vaya, vaya, vaya, quieren liberar al cachorro! —tradujo Metomentodo.

—¡Y seguramente darles una LECCIÓN a los tigres! —exclamó Trampita.

—Y entonces ¿¡¿a qué estamos esperando, chicos?!? —gritó Tea, más resuelta que nunca.

—¡¡¡A la cargaaa!!!

Los mamuts nos hicieron montar en su grupa, y la manada empezó a CORRER a toda velocidad en dirección a Petrópolis.

¡¡¡VIVA!!!

¡¡¡MAMUTS Y PREHISTORRATONES A LA RECONQUISTA!!!

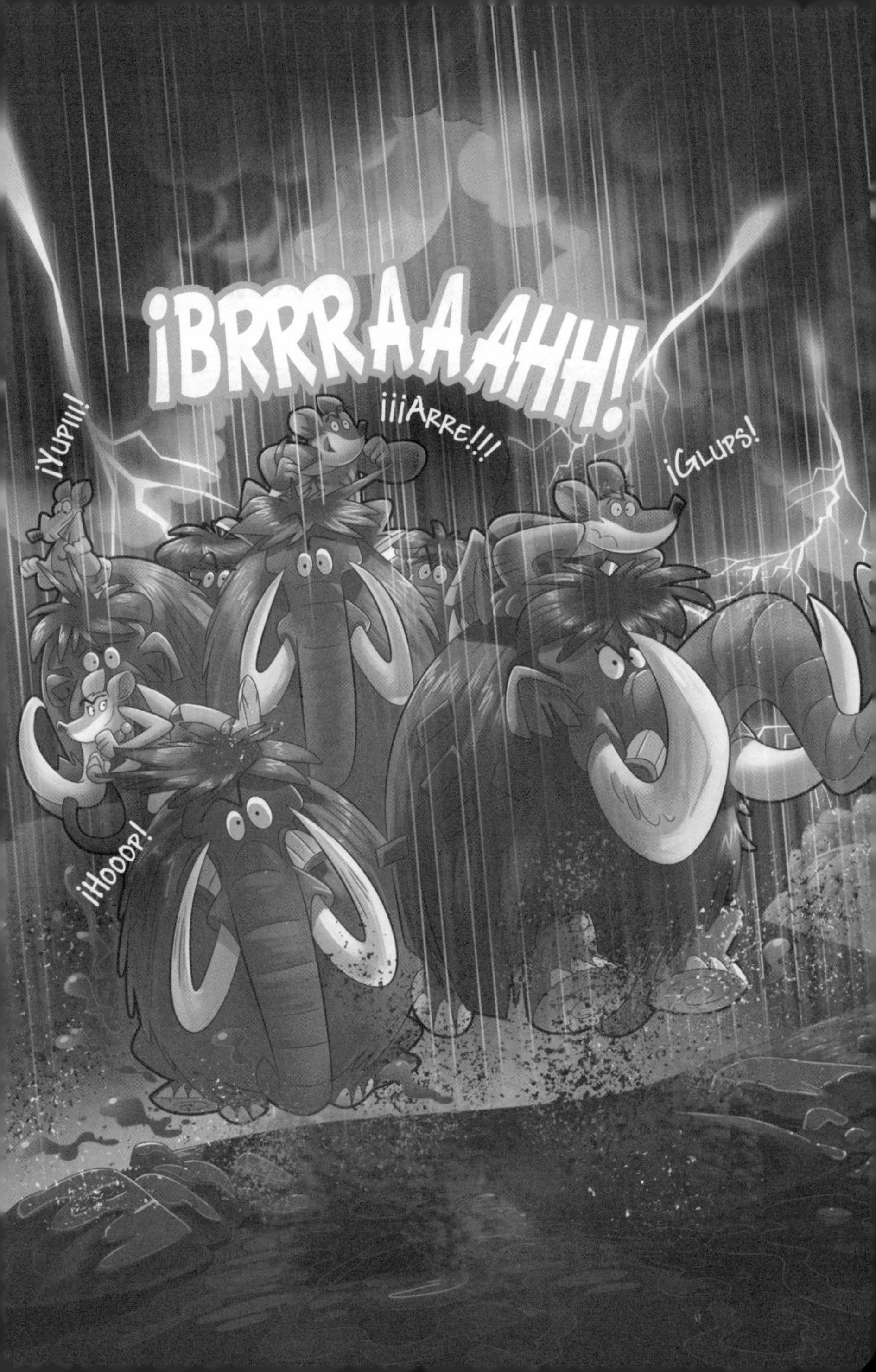
¡BRRRAAAHH!
¡Yupiii!
¡¡¡Arre!!!
¡Glups!
¡Hooop!

¡MAMUTS AL ATAQUE!

Los mamuts **CORRIERON** toda la noche, sin importarles el viento, la oscuridad y las salpicaduras de **BARRO** que se alzaban del suelo como géiseres. Y por si eso no bastase…

¡PLIC! ¡PLOC! ¡PLAC!

¡La lluvia arreciaba cada vez más!

Yo iba agarrado al lomo del que debía ser el jefe de la manada: ¡por mil pedruscos despedregados, al correr me **zarandeaba** con tal fuerza que me parecía estar en medio de un **MAR TEMPESTUOSO**!

—¡Ánimo, Ger! ¡Sujétate bien! —me animaba mi hermana Tea.

Llegamos a Petrópolis con las primeras luces del **ALBA**.

Los tigres de dientes de sable habían terminado de construir las escaleras y estaban a punto de trepar por la empalizada e **invadir** la ciudad.

—¡Vamos a darnos un buen atracón de prehisto-rratones! —exclamó Tiger Khan.

—¡ARF, ARF, ARF! —respondieron sus secuaces.

¡POR MIL TIBIAS DE TRICERRATÓN, NO HABÍA UN MINUTO QUE PERDER!

Cuando los mamuts vieron a los tigres, empeza-ron a lanzar sus **FORTÍSIMOS BARRITOS** para amedrentarlos.

¡¡¡BRRAAAH!!! ¡¡¡BRRAAAH!!! ¡¡¡BRRAAAH!!!

—¿¡¿Qué pasa?!? —rugió Tiger Khan.
Los tigres que ya habían subido por las
ESCALERAS DE MADERA,
se quedaron inmóviles. Pero los mamuts
ni siquiera dieron tiempo a que
la **Horda Felina**
se defendiese.

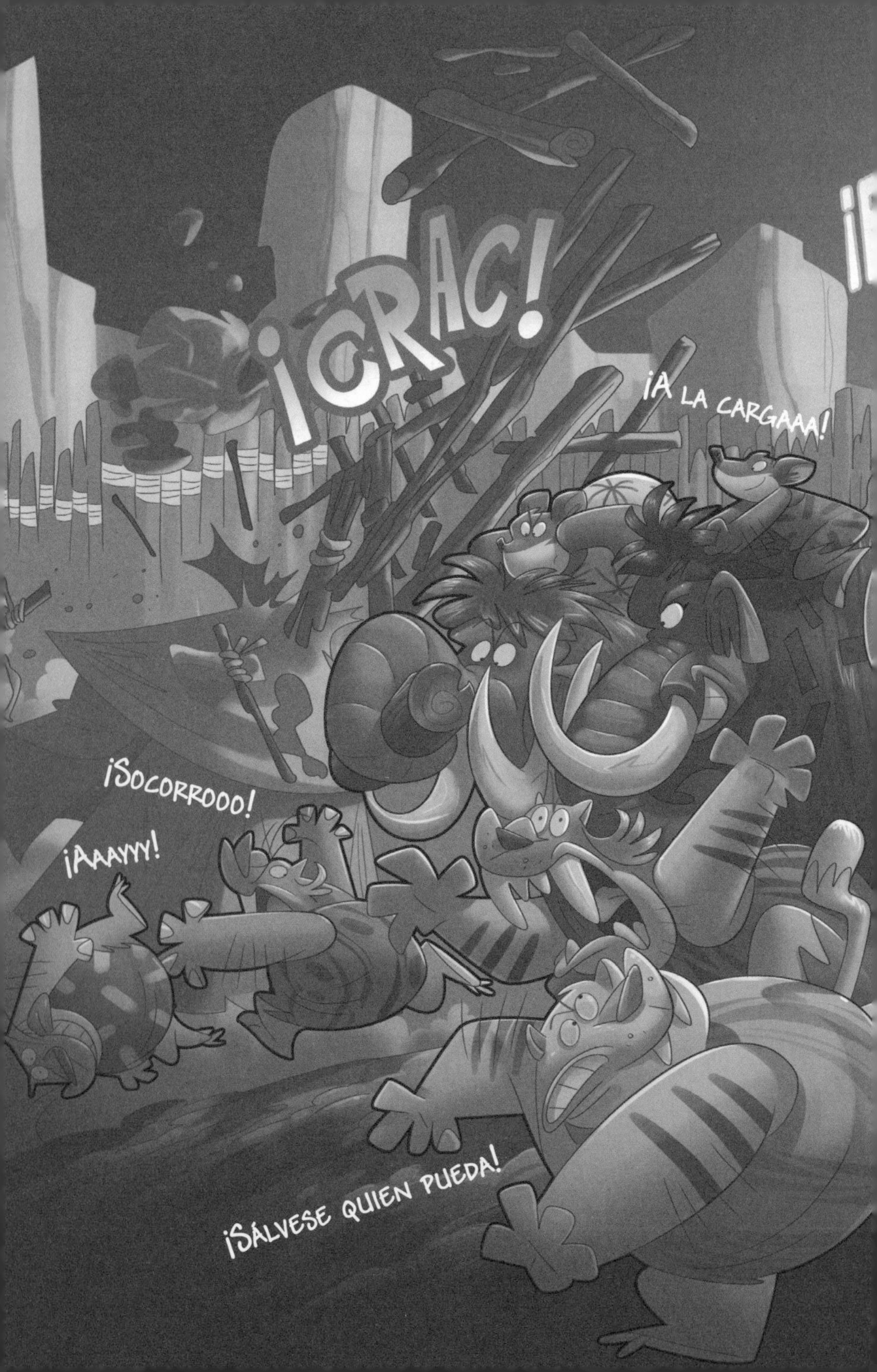
¡CRAC!
¡A LA CARGAAA!
¡SOCORROOO!
¡AAAYYY!
¡SÁLVESE QUIEN PUEDA!

¡Por mil huesecillos descarnados, fue una escena increíble! Los paquidermos ARROLLARON a Tiger Khan y a sus secuaces como si fueran bolos.

Muchos de los tigres acabaron en el fango patas arriba. Otros huyeron como liebres jurásicas. Y otros tantos gritaban como gatitos asustados.

¡SOCORRO!

—¡¡Dejadnos marchar!!

—¡¡¡Bastaaaa!!!

Incluso él, el terrible **Tiger Khan**, señor de la Horda Felina y terror de toda la prehistórica Isla de los Ratones, huyó con el rabo entre las piernas, machacado y cojeando.

En cambio, el cachorro de **mamut** que los tigres habían capturado estaba radiante: ¡había encontrado de nuevo a su manada!

En cuanto los tigres se marcharon de Petrópolis, corrí a abrazar al jefe de la manada en señal de agradecimiento. ¡Por mil pedruscos despedregados, nuestros amigos mamuts habían sido unos héroes!

¡¡¡Nunca lo habríamos logrado sin vosotros!!!

¡¡¡Gracias, amigo mío!!!

ESTOY ORGULLOSO DE TI, TÍO GER

¡Qué momento tan superratónico, amigos! ¡La tormenta también había cesado y por fin el sol brillaba de nuevo!

Montamos a los lomos de los mamuts, para hacer nuestra entrada triunfal en la ciudad.

—¡HURRA! ¡VIVAN LOS HÉROES DE PETRÓPOLIS!

Todos mis conciudadanos, guiados por el jefe del poblado, Zampavestruz Uzz, salieron a nuestro encuentro para darnos las gracias.

¡Por mil huesecillos descarnados, qué emoción!

Entretanto, Tea corrió hasta donde se encontraba el *pequeño* (¡es un decir!) mamut y lo liberó de sus ATADURAS.

De pronto, el mamut que me había transportado me dio a entender que me bajara, corrió hasta el pequeño y lo cubrió de **caricias**.

Un momento, entonces… aquella paquiderma era, parecía, no podía ser otra que…

… ¡¡¡la mamá del cachorro!!!

¡Qué escena tan conmovedora!

Suspiré aliviado: era bonito estar de nuevo en casa y volver a tener las patas en el *suelo*, después de aquella noche increíble.

—¡Muy bien! ¡¡Habéis salvado Petrópolis!! ¡¡¡Y habéis traído de vuelta a los **mamuts**!!! —proclamó Zampavestruz, el jefe del poblado, dirigiéndose a mis compañeros y a mí—. ¡Ahora, con su LECHE CUAJADA, podremos reponer nuestras reservas de Ratfir!

¡BRAVO POR LOS STILTONUT! ¡BRAVO POR LOS MAMUTS! —gritaron con todas sus fuerzas los petropolinenses. Y para celebrarlo nos lanzaron por los aires uno tras otro.

–¡AAA-UPA!... ¡OOO-OH!

Sin embargo, cuando llegó mi turno, el jefe del poblado retomó la palabra:

—¡En nombre de todo Petrópolis, DOY LAS GRACIAS a Geronimo, Tea, Trampita,

Metomentodo y a todos nuestros queridos amigos mamuts!

Los roedores que me habían **lanzado** por los aires se volvieron para aplaudir, pero se olvidaron de recogerme…

¡¡¡PA-TA-PLAF!!!

Acabé con los bigotes en remojo dentro de un **CHARCO** fangoso.

¡Por mil tibias de tricerratón, pero ¿¿¿por qué por qué por qué siempre me tienen que pasar estas cosas a mí???!

Saqué el hocico del **BARRO**, me pasé las manos por los ojos para limpiarlos, y entonces…

—¡Has estado fantástico, tiíto!

—**¡¿EH?!**

¡Por mil huesecillos descarnados, pero si era Benjamín, mi sobrino!

Aunque yo estaba empapado y cubierto de barro, Ben saltó a mis brazos y me dijo:

—*¡Has salvado Petrópolis! ¡¡¡Estoy orgulloso de ti, tío!!!*

Y en ese momento no pensé ni en el fango ni en los chichones, ¡sino que me fundí con el abrazo de Benjamín, como un TRANCHETE JU-RÁSICO al sol!

¡Pppprrrfff!

¡¡¡Tras esta aventura, la amistad entre mamuts y prehistorratones aún se hizo más sólida, y los roedores de las **cavernas** estábamos encantados de que fuese así!!!

Mamá-mamut, que me trasladó de regreso a Petrópolis, parecía querer decirme algo:

—¡¡¡IIIK... IIIK... IIIK... IIIK!!!

—¿He entendido bien? ¿Los mamuts queréis hacerme un regalo? —le pregunté—. Aaah, ¿¡¿quieres decir que durante un tiempo nos proporcionaréis doble ración de leche cuajada?!? —seguí diciendo—. Pero eso es... realmente ¡SUPERRATÓNICO!

Mamá-mamut asintió muy contenta, y luego agitó la tr**o**mpa.

¡Por mil fósiles fosilizados, en unos pocos días podríamos volver a tener nuestra reserva de RATFIR al completo!

Mamá-mamut me sonrió. Y a continuación aspiró una CHARCA de agua fangosa y me duchó entero…

¡PPPPPRRRRRFFFF!

¡GLUPS!

Empujado por aquel potente chorro de agua y fango, salí **VOLANDO** hacia atrás y acabé estrellándome contra el suelo a veinte colas de distancia.

—¡Vaya, vaya, vaya, Geronimito, parece que le caes **simpático**! —exclamó Metomentodo, riendo bajo los bigotes—. ¡¿No sabías que para los mamuts, **ROCIARSE** con agua es una señal de afecto?!

—*Ejem*… vale… ¡pues muchas gracias! —respondí, escurriéndome la cola **EMPAPADA**.

Unos días más tarde, los mamuts regresaron a los pastos de los altiplanos cerca de la ciudad. ¡Gracias a su leche cuajada, la despensa de Ratfir volvía a estar llena!

Zampavestruz, el jefe del poblado, proclamó que aquel día fuese festivo:

—¡Como muestra de agradecimiento hacia nuestros héroes, celebraremos un **OPÍPARO BANQUETE** en su honor!

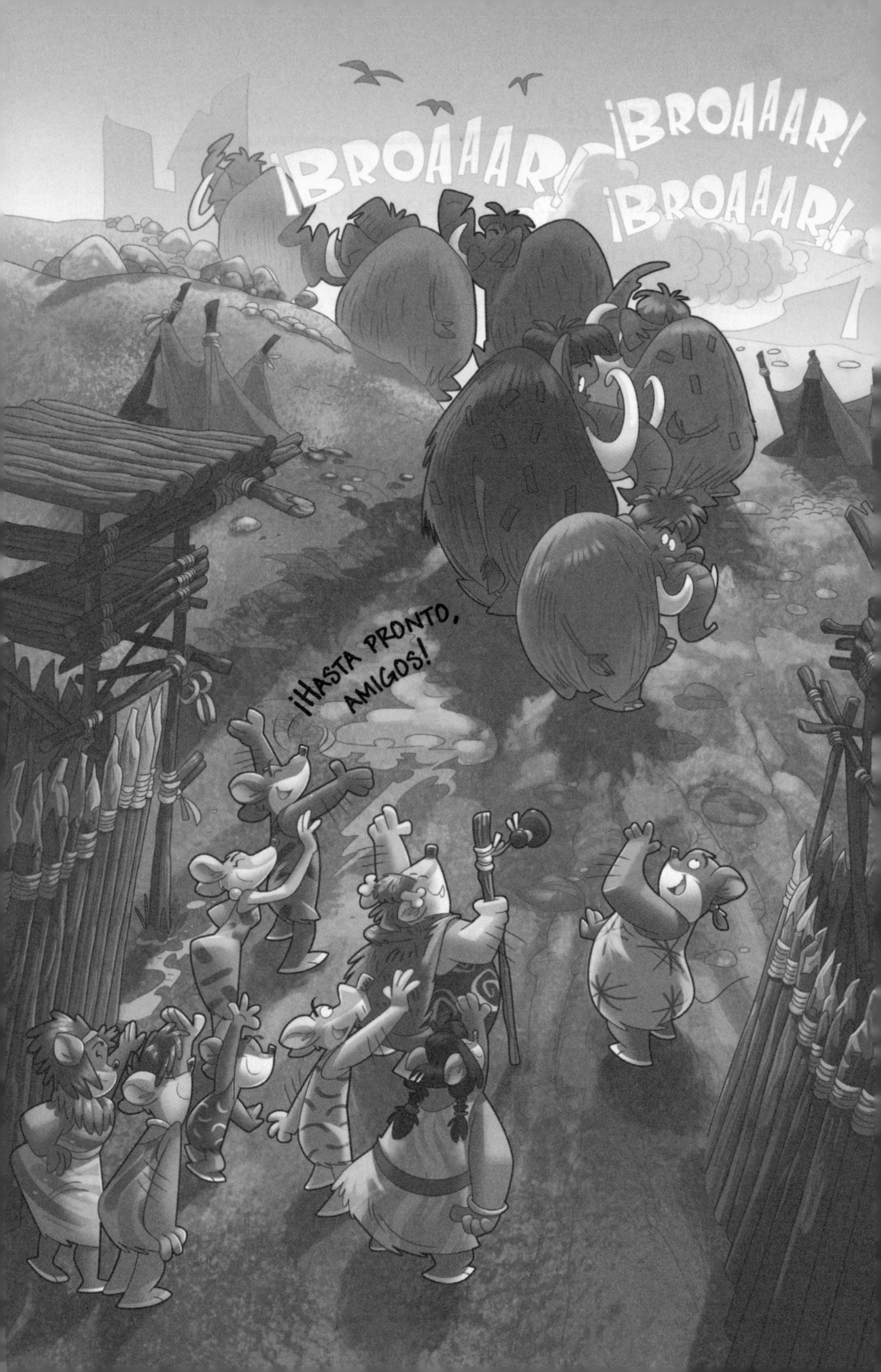
¡BROAAAR!
¡BROAAAR!
¡BROAAAR!
¡HASTA PRONTO, AMIGOS!

Pero Chataza Uzz, su esposa, lo regañó:

—¡**TÚ**, quieto ahí! ¿Crees que no te conozco? ¡**ESTO** es **SÓLO** una excusa para atiborrarte de comida!

—Pero yo… el banquete… los mamuts…

—¡A callar! ¡Mira qué **barriga más blanducha** tienes! Un jefe de poblado que se precie tendría que ser ágil, estar tonificado, en forma… ¡deberías dar *buen ejemplo*!

Chataza no quería atender a razones, pero nosotros… ¿qué teníamos que ver con la **dieta** de Zampavestruz, el jefe del poblado?

—Vamos, Chataza… —trató de decir Trampita—. *¡¡¡Sé razonable!!!*

—¡Por mil bananillas jurásicas, creo que nos merecemos un banquete! —añadió Metomentodo.

—Y además… —concluyó Tea—, deberíamos celebrar una fiesta todos juntos, ¡¿no?!

—De acuerdo… —concedió *Chataza*—. Se celebrará la fiesta, pero sólo si respetáis dos o tres condiciones…

Éstas eran las **reglas** de Chataza:

1 La fiesta no se realizaría de inmediato, sino dos días más tarde.

2 Durante los dos días de preparativos, Zampavestruz Uzz estaría obligado a comer únicamente ensalada prehistórica y fruta fresca paleozoica.

3 Durante esos dos días, Zampavestruz debería **MANTENERSE EN FORMA** con una pequeña carrera (desde el alba hasta el anochecer) alrededor de Petrópolis.

4 Por nuestra condición de homenajeados, Tea, Trampita, Metomentodo y yo tendríamos que correr con Zampavestruz para controlar que no se **atiborrase** a escondidas.

Metomentodo al enterarse de las reglas intentó protestar:

—¡No es justo! ¡Eso significa que nosotros también tendremos que **CORRER** y **comer** sólo verdura y fruta!

—¡Seguro que no os hará ningún daño! —replicó Chataza Uzz—. Y, además, ésa es mi decisión... ¡¡¡os guste o no!!!

—No te preocupes, Chataza —concluyó Tea—, ya me encargaré yo de **CONTROLAR** que entrenen como es debido.

Y así, a la espera del BANQUETE, empezamos a correr y seguir una dieta sana, bajo la SUPERVISIÓN de nuestra entrenadora Tea.

ENTRENAMIENTO

ARF, ARF...

FLEXIONES

AINS, AINS...

CARRERA

UF, UF...

ARG, ARG...

ABDOMINALES

ESTIRAMIENTOS

—¡Vamos, perezosos! —nos hostigaba mi hermana, tan tonificada y vigorosa ella—. ¡Moved esas patas! ¡Lo que necesitáis es una buena carrera!

¡Uno-dos…! ¡Uno-dos…! ¡Uno-dos!

¡¡¡POR MIL FÓSILES FOSILIZADOS, QUÉ AGOTAMIENTO PALEOZOICO!!!

UNA RECOMPENSA ESPECIAL

Transcurridos aquellos dos intensos días de **die-ta** y **ENTRENAMIENTO**, yo estaba hecho polvo, desintegrado, desmenuzado. Y no sólo yo: ¡Trampita, Metomentodo y Zampavestruz también estaban hechos picadillo!

Tea, en cambio, estaba igual que siempre: LLENA DE ENERGÍA.

—¡Ánimo, chicos! ¡¡¡Ha llegado el momento de celebrarlo!!!

Tras habernos lavado, cambiado y perfumado a fondo, nos reunimos con nuestros conciudadanos para el banquete.

¡¡¡POR MIL HUESECILLOS DESCARNADOS... YA ERA HORA!!!

Cuando el banquete estaba a punto de empezar, se oyó un extraño ruido en la entrada de la ciudad.

POR MIL PEDRUSCOS DESPEDREGADOS, ¿QUIÉN PODÍA SER?

¿¿¿Y si los tigres habían vuelto???

—Tranquilos, no hay ningún peligro... —dijo Tea, mientras echaba un **VISTAZO** por las rendijas de la empalizada.

Abrimos y ante nosotros apareció... ¡un globosaurio derrengado, sucio, aturdido y **CHAMUSCADO**!

—¡Por el Trueno del Gran Bzot!

—exclamé—.

¡Pero si es *nuestro* **GLOBOSAURIO**!

¡Buf! ¡¡¡Arf!!!

¡En efecto, se trataba del globosaurio que nos había **acompañado** a Tea, Trampita, Metomentodo y a mí en la búsqueda de los mamuts! El pobre dinosaurio dio un paso adelante, pero al instante…

… se desplomó en el suelo, exhausto.

¡Por mil huesecillos descarnados, nos habíamos **olvidado** por completo de él! ¡Y… había tenido que regresar solo a la ciudad, pobrecillo!

—¡Ayudémosle! —dijo Tea.

—Sí —dije—. ¡También es mérito suyo que hayamos logrado salvar Petrópolis de los tigres!

—¡Un momento! —objetó entonces Trampita—. ¿¿¿Y LA FIESTA???

—¡Un poco de paciencia, Trampita! —le respondió Tea—. ¡¡¡No seas egoísta!!!

Y así, antes de que diera comienzo el banquete, obsequiamos a nuestro heroico globosaurio con un **baño perfumado**, masajeamos sus cansadas alitas y lo premiamos con una recompensa especial: triple ración de **superfabada picante**... ¡su preferida!

Por otra parte, ¿¡¿sin él, cómo hubiéramos encontrado a los mamuts?!? Y, lo más importante, ¿cómo hubiéramos podido salvar Petrópolis de las **GARRAS** de la Horda Felina?

¡Ahora ya podía dar comienzo el **BANQUETE**! Cuando llegamos a las mesas *(muy bien surtidas)*, hallamos a Zampavestruz a punto de hincarle el diente *(a escondidas)* a un **gigantesco queso** Podridillo, el más delicioso *(y hediondo)* del mundo prehistórico.

—**¡¡¡ZAMPAVESTRUZ UZZ!!!** —bramó Chataza—. ¿¿¿Qué estás haciendooo???

El jefe del poblado menguó y menguó y menguó.

—¡¡¡La salvación de **Petrópolis** no te interesa en absoluto… tú sólo quieres comer a mansalva!!!

Mientras marido y mujer seguían discutiendo, Tea, Trampita, Metomentodo y yo nos sentamos a la mesa y **disfrutamos** juntos de las mejores especialidades prehistorratónicas, ¡acompañadas de escudillas y más escudillas de RATFIR!

¡POR MIL HUESECILLOS DESCARNADOS, FUE UNA FIESTA REALMENTE SUPERRATÓNICA!

No sólo por la excelente comida, sino también por el clima de **armonía** que reinaba entre nosotros.

Petrópolis estaba a salvo, los **PREHISTO-RRATONES** habíamos renovado y reforzado nuestra histórica alianza con los mamuts, y mi familia estaba allí celebrándolo conmigo. ¿¡¿Qué más podía pedir?!? ¡NADA, queridos amigos y amigas roedores! Todo era perfecto tal cual.

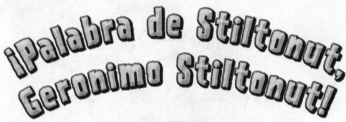

¡Palabra de Stiltonut, Geronimo Stiltonut!

 ÍNDICE

Geronimo Stilton

Marca en la casilla correspondiente los títulos que tienes de todas las colecciones de Geronimo Stilton:

Colección Geronimo Stilton

☐ 1. Mi nombre es Stilton, Geronimo Stilton
☐ 2. En busca de la maravilla perdida
☐ 3. El misterioso manuscrito de Nostrarratus
☐ 4. El castillo de Roca Tacaña
☐ 5. Un disparatado viaje a Ratikistán
☐ 6. La carrera más loca del mundo
☐ 7. La sonrisa de Mona Ratisa
☐ 8. El galeón de los gatos piratas
☐ 9. ¡Quita esas patas, Caraqueso!
☐ 10. El misterio del tesoro desaparecido
☐ 11. Cuatro ratones en la Selva Negra
☐ 12. El fantasma del metro
☐ 13. El amor es como el queso
☐ 14. El castillo de Zampachicha Miaumiau
☐ 15. ¡Agarraos los bigotes… que llega Ratigoni!
☐ 16. Tras la pista del yeti
☐ 17. El misterio de la pirámide de queso
☐ 18. El secreto de la familia Tenebrax
☐ 19. ¿Querías vacaciones, Stilton?
☐ 20. Un ratón educado no se tira ratopedos
☐ 21. ¿Quién ha raptado a Lánguida?
☐ 22. El extraño caso de la Rata Apestosa
☐ 23. ¡Tontorratón quien llegue el último!
☐ 24. ¡Qué vacaciones tan superratónicas!
☐ 25. Halloween… ¡qué miedo!
☐ 26. ¡Menudo canguelo en el Kilimanjaro!
☐ 27. Cuatro ratones en el Salvaje Oeste
☐ 28. Los mejores juegos para tus vacaciones
☐ 29. El extraño caso de la noche de Halloween

☐ 30. ¡Es Navidad, Stilton!
☐ 31. El extraño caso del Calamar Gigante
☐ 32. ¡Por mil quesos de bola… he ganado la lotorratón!
☐ 33. El misterio del ojo de esmeralda
☐ 34. El libro de los juegos de viaje
☐ 35. ¡Un superratónico día… de campeonato!
☐ 36. El misterioso ladrón de quesos
☐ 37. ¡Ya te daré yo karate!
☐ 38. Un granizado de moscas para el conde
☐ 39. El extraño caso del Volcán Apestoso
☐ 40. Salvemos a la ballena blanca
☐ 41. La momia sin nombre
☐ 42. La isla del tesoro fantasma
☐ 43. Agente secreto Cero Cero Ka
☐ 44. El valle de los esqueletos gigantes
☐ 45. El maratón más loco
☐ 46. La excursión a las cataratas del Niágara
☐ 47. El misterioso caso de los Juegos Olímpicos
☐ 48. El Templo del Rubí de Fuego
☐ 49. El extraño caso del tiramisú
☐ 50. El secreto del lago desaparecido
☐ 51. El misterio de los elfos
☐ 52. ¡No soy un superratón!
☐ 53. El robo del diamante gigante
☐ 54. A las ocho en punto… ¡clase de quesos
☐ 55. El extraño caso del ratón que desafina
☐ 56. El tesoro de las colinas negras
☐ 57. El misterio de la perla gigante
☐ 58. Geronimo busca casa
☐ 59. ¡A todo gas, Geronimo!
☐ 60. El castillo de las 100 historias
☐ 61. El misterio del rubí de Oriente
☐ 62. Un ratón en África
☐ 63. Operación Panettone
☐ 64. El misterio del violín desaparecido

Queridos amigos y amigas roedores,
las aventuras de los prehistorratones continúan.
¡No os perdáis el próximo libro!